सुरुचिपूर्ण एवं प्रेरणादायक ज्ञान-विज्ञान साहित्य

हमारा पर्यावरण

डॉ. रामचन्द्र तिवारी

सरस्वती ट्रस्ट

ज्ञानवर्धक एवं मनोरंजक बाल–साहित्य

- लोकप्रिय बाल गीत
- हमारे देश-भक्ति गीत
- हमारे राष्ट्रीय गीत
- शहीदों के अमर गीत
- इंदिरा गांधी
- मंगल पांडे
- मदर टेरेसा
- स्वप्नलोक का सम्राट
- तीन सूरमा
- साहस का पुतला टॉम
- ख़ज़ाने का द्वीप
- मंगल पांडे
- रज़िया सुलतान
- मीरा
- नूरजहाँ
- घूम-घूम कर देखें देश
- हमारा पर्यावरण
- ख़ौफ़नाक क़िला
- पत्थरों का रहस्य
- टीपू सुल्तान
- हमारे वीर योद्धा
- बहादुर योद्धा आइवन हो
- मोबी डिक - सफ़ेद व्हेल से मुठभेड़
- भीष्म प्रतिज्ञा
- आचार्य चाणक्य
- पृथ्वीराज चौहान
- मंगल की यात्रा
- चन्द्रगुप्त मौर्य
- घर का भेदी, लंका ढावे
- हथियार वह, जो समय पर काम आए
- दोस्ती में ग़रीबी आड़े नहीं आती
- सूर्यपुत्र कर्ण
- भरत से भारत
- अन्ना हज़ारे
- गुरु नानक
- कल्पना चावला
- आओ अपने समुद्र को जानें
- हमारे शरीर की कहानी
- भारत की वीर नारियां
- फुटबॉल मैच
- भारत के महान संत
- अच्छे नागरिक बनें
- गौतम बुद्ध
- हमारा राष्ट्रीय गीत
- हमारा राष्ट्रीय पक्षी : मोर
- हमारे राष्ट्रीय खेल : हॉकी, क्रिकेट, कुश्ती...
- हमारा राष्ट्रीय फूल : कमल
- अच्छे नागरिक बनें
- सिद्धार्थ से गौतम बुद्ध
- मंगल पांडे
- मदर टेरेसा
- सचिन तेंदुलकर
- स्वामी दयानंद सरस्वती
- कबीरदास
- डॉ. सर्वेपल्लि राधाकृष्णन्
- सरदार बल्लभभाई पटेल
- झांसी की रानी लक्ष्मीबाई
- शिक्षाप्रद धर्म-कथाएं
- महाराणा प्रताप
- तुलसीदास
- लाला लाजपत राय
- चूहा पकड़ा गया
- शिरडी के साईं बाबा
- शिक्षाप्रद प्रेरक कहानियाँ
- पं. मदन मोहन मालवीय
- सूक्तियों की कहानियाँ
- दोहों की कहानियाँ
- गुरु गोबिंद सिंह
- जवाहर लाल नेहरू
- डॉ. राजेन्द्र प्रसाद
- नेपोलियन बोनापार्ट
- गुलिवर की लिलिपुट यात्रा
- खुदीराम बोस
- नाना-नानी की कहानियाँ
- महर्षि वाल्मीकि
- रामायण की कहानियाँ
- पुराणों की कहानियाँ
- महाभारत की कहानियाँ
- वेताल पच्चीसी की कहानियाँ (भाग 1)
- वेताल पच्चीसी की कहानियाँ (भाग 2)
- डॉक्टर की बीमारी तथा अन्य नाटक
- एकलव्य तथा अन्य नाटक
- हमारा राष्ट्रीय जलचर : डॉल्फ़िन
- हमारा राष्ट्रीय पशु : बाघ
- हमारा राष्ट्रीय ग्रंथ : गीता
- हमारे राष्ट्रकवि : मैथिलीशरण गुप्त
- हमारे राष्ट्रीय विरासत स्थल
- हमारा राष्ट्रीय फल : आम
- हमारे राष्ट्रपिता : महात्मा गांधी
- हमारे राष्ट्रीय पर्व और दिवस
- हमारी राष्ट्रीय नदी : गंगा
- हमारी वैदिक संस्कृति
- हमारा राष्ट्रीय वृक्ष : बरगद
- हमारी राजभाषा : हिंदी
- हमारे नेशनल पार्क
- हमारा राष्ट्रीय चिह्न : अशोक चक्र
- हमारा राष्ट्रीय ध्वज : तिरंगा
- हमारे राष्ट्रीय स्मारक

हमारा पर्यावरण

रोको! रोको!
दुनिया-भर में फैला प्रदूषण।
जितना स्वस्थ पर्यावरण,
उतना सुन्दर जीवन।

वृक्षों को मत काटो, रखो वनों को हरा-भरा, नदियों का पानी हो स्वच्छ-निर्मल, दूर भगाओ गर्मी का वातावरण, पर्यटकों को बोलो, न करें गंदा-मैला स्थल, गांवों से कीचड़, बदबू, कूड़ा-करकट दूर करो, पशु-पक्षी रहें जीवित रैन-बसेरों में, कल-कारखानों का गंदा-तरल-कचरा न फैलने दें, खुलकर ले सकें सांस, ऐसा बनाएं वातावरण, फूले-फले जन-जन का तन-मन, ऐसा हो अच्छा-सच्चा पर्यावरण।

पर्यावरण को शुद्ध रखने का ज्ञान बांटने वाली सचित्र पुस्तक, अपनी ही परीक्षा के लिए प्रश्नोत्तरी सहित।

सरस्वती ट्रस्ट
ज्ञानवर्धक एवं मनोरंजक बाल-साहित्य

हमारा पर्यावरण (पर्यावरण)

रेखांकन : प्रभात श्रीवास्तव
प्रथम संस्करण : 2011
पहला रिप्रिंट : 2014
दूसरा रिप्रिंट : 2014
प्रकाशक : श्री सरस्वती शैक्षिक ट्रस्ट
जे-40, जोरबाग लेन, नई दिल्ली-110003
टाइपसेटिंग : स्केनसेट, नई दिल्ली-110003
मुद्रक : अमर उजाला, नोएडा (यू.पी.)

HAMARA PARYAVARAN (Environment)
by Dr. Ramchander Tiwari

ISBN : 978-81-216-1619-5
11/14/11/03/10/SCANSET/DE/AU/AU/NP070/NP070

क्रम

हमारा पर्यावरण

हमारे रोज़-मर्रा के जीवन में प्रकृति से हमारा अटूट नाता है। जीने के लिए सबसे आवश्यक श्वास के लिए स्वच्छ हवा, पीने और खाना बनाने के लिए पानी, अन्न-साग-सब्जियां और दालें, भोजन पकाने के लिए लकड़ी आदि सभी कुछ तो प्रकृति हमें देती है। सूर्य हमें दिन में प्रकाश तथा मनुष्य, पशु-पक्षियों-पौधों को पनपने के लिए गर्मी देता है। बादल पानी से धरती की प्यास ही नहीं बुझाते, बल्कि हमें तथा पौधों के लिए आवश्यक पानी भी देते हैं।

सवेरे सूर्य निकलता है, शाम को सूर्यास्त होता है। कहीं नदी बह रही है, कहीं पहाड़ हैं, कहीं जंगल हैं, कहीं मैदान हैं, तो कहीं समुद्र। रोज़ दिन होता है, रात होती है। कभी वर्षा ऋतु है, तो कभी गर्मी के दिन और कभी कड़ाके की सर्दी। कभी आंधी आती है, तो कभी ओले पड़ते हैं।

धरती में कुआं खोदा तो पानी निकल आया और कहीं नीची

ज़मीन में पानी भरने से झील या तालाब बन गया। यह बस प्रकृति की ही देन है और प्रकृति की अधिकांश देनें हमें बिना कुछ खर्च किए मिली हुई हैं। हवा, पानी, पेड़-पौधे, पशु, सूर्य की गर्मी, चन्द्रमा की शीतलता सभी कुछ मनुष्य के जीवन के लिए बेहद ज़रूरी हैं और प्रकृति इन अनमोल देनों का कोई मूल्य नहीं लेती। इसीलिए हम धरती को 'धरती माता' कहते हैं और सूर्य को 'सूर्यदेव'।

यह बस हमारे भौगोलिक पर्यावरण का हिस्सा है। हमारे पूर्वज प्रकृति से बहुत अधिक जुड़े थे इसीलिए उन्होंने प्राकृतिक पर्यावरण की देख-भाल और सुरक्षा को अपना धर्म अथवा कर्त्तव्य ही बना लिया था। ऋषि-मुनियों के आश्रम जंगल में अथवा नदियों के किनारे पर होते थे।

नदियों को मां के समान पवित्र मानने के कारण ही 'मैया' गंगा, गोदावरी तथा कावेरी नदियों को पवित्र मानना हमारे धर्म का हिस्सा ही हो गया। हमारे देवताओं में भगवान् शिव पर्वत-शिखरों पर आसन जमाए हैं, विष्णु क्षीर सागर में शयन करते हैं और ब्रह्मा बाबा तो कमल पर ही विराजमान हैं। हमारे सभी प्रमुख तीर्थ भी पर्वत-शिखरों, नदियों के किनारे अथवा सागर तट पर बने हैं।

इसी प्रकार पुराने ज़माने में वनों की रक्षा, पेड़-पौधे लगाना, उनकी देख-भाल करना मनुष्य जीवन की सार्थकता का एक हिस्सा था। पीपल, वट-वृक्ष, आम, नारियल, केले और तुलसी के पौधों को भी धार्मिक महत्व मिला हुआ था। आज भी सारे धार्मिक कार्यों में आम के पत्ते, नारियल, तुलसी दल, गंगा-जल और ऋतु के अनुसार

मिलने वाला फल अवश्य रहता है। यहां तक कि दूर्वा और कुशों का भी महत्व है। पूजा पर बैठने के लिए कुश का आसन ही चाहिए। ये सब प्राप्त हों, इसके लिए आवश्यक था कि ये पेड़-पौधे लगाये जाएं। एक वृक्ष का लगाना और उसकी देख-भाल एक पुत्र को पालने के समान माना जाता था। पेड़ों को भी सजीव मानते थे और रात में पेड़ को जगाना 'अधर्म' माना जाता था।

धीरे-धीरे आबादी बढ़ी तो अन्न उगाने के लिए ज़मीन ख़ाली की गई और पेड़ काटे। रहने के लिए मकान बनाना आवश्यक हुआ, तो पेड़ काटकर जगह हासिल की गई। मकान बनाने के लिए लकड़ी की आवश्यकता पड़ी, तो पेड़ काटे गए। घर में खेती से पैदा हुए अन्न से भोजन बनाने की आवश्यकता हुई, तो पेड़ काटे गए।

प्रकृति का अपना चक्र ऐसा है कि नया पौधा बढ़ता है, तो पुराना पेड़ सूखकर अन्य उपयोग के लिए सुलभ होता है। पेड़ काट भी लो और उसकी जड़ें रह जाएं, तो धरती अपने-आप नये पौधे को जन्म देती है। प्रतिवर्ष पतझड़ में पत्ते झरते हैं और वर्षा ऋतु में पानी से सड़ते हैं तो उनके लिए खाद अपने-आप तैयार होती है। फल गिरकर मिट्टी में दब जाएं, तो हर बीज से एक नया पौधा निकल आता है, जो आगे चलकर एक से अधिक पेड़ प्रकृति बना देती है।

लेकिन हमने सभ्यता की दौड़ में प्रकृति से सहयोग करना तो नहीं, उससे लड़ना आरम्भ कर दिया। सभ्य होकर , विज्ञान की खोजों से हम यह तो जानते हैं कि पेड़ छाया, फल, लकड़ी ही नहीं देते, बल्कि हमारी हवा को भी शुद्ध करते हैं। आदमी अपनी सांस से जो

कार्बन डाईऑक्साइड छोड़ता है, वह पेड़ों का भोजन है और वे अपने आस-पास आक्सीजन छोड़ते हैं, जो मनुष्य के लिए प्राणवायु है- फिर भी, अपनी स्वार्थवृत्ति, तरह-तरह की सजावट के लिए हम बेहिचक पेड़ काटते जाते हैं। इस तरह प्रकृति ने जंगलों के रूप में मानव को सुरक्षा का जो कवच दिया था, उसी को हम तोड़ते जा रहे हैं और सभ्यता की चमक-दमक में जंगलों की बेहिसाब कटाई कर रहे हैं।

वृक्षों–वनों की उपयोगिता

हम शायद यह नहीं जानते कि ऊपर पेड़ का कितना फैलाव होता है, ज़मीन के भीतर ही दूर-दूर तक पेड़ की जड़ें फैली होती हैं। ये जड़ें अपने आस-पास की मिट्टी में इस तरह गुंथी होती हैं कि मिट्टी उनके साथ जमी रहती है। वर्षा आने पर भी बूंदों की पहली चोट पेड़ सह लेता है और वर्षा के कारण मिट्टी ऊपरी सतह से हल्की-हल्की पानी में मिलकर बहती है, लेकिन जब पेड़ कट जाता है, तो वर्षा की बूंदों की चोट सीधी मिट्टी पर पड़ती है, जिससे अधिक मिट्टी पानी में बहने लगती है। जड़ें न होने से और अधिक मिट्टी प्रतिवर्ष नदियों में बहने से नदियों की जल-धारा या रास्ते का तल उथला होता जाता है, जिससे वर्षा का पानी गहरी धार की बजाय चौड़ी धार के रूप में नदी में बहता है। इससे नदी के आसपास की खेती की उपजाऊ ज़मीन नदी की धारा में डूब जाती है। वर्षा-ऋतु में बाढ़ों का आना हम

ईश्वर की अकृपा मानकर सहने को लाचार तो होते हैं, लेकिन हम कभी यह नहीं सोचते कि इन सभी प्रक्रियाओं में हमारी भी कहीं न गलती है, जो हमने पेड़ों की अंधाधुंध कटाई करके की है।

हम धरती को 'माता' कहते हैं और ये सब हरे-भरे पेड़-पौधे धरती माता के हरे-हरे वस्त्र हैं। पेड़ काटकर क्या हम अपनी धरती माता के वस्त्र नहीं छीन रहे! कपड़े पुराने होते हैं, फटते हैं, तो हम नए कपड़े पहनते हैं। इसी प्रकार जब धरती मां के ये हरे वस्त्र पुराने हो जाते हैं, तो क्या हमें अपनी मां को नए वस्त्र प्रदान नहीं करने चाहिए? प्रकृति ने अपने वस्त्र स्वयं बदलने का तो खुद प्रबन्ध किया है। वनों के पेड़ न काटो तो, वनों की सघनता कभी कम नहीं होगी, लेकिन जब उसके पुत्र खुद उन वस्त्रों को बे-सोचे-समझे दुःशासन बन कर उतारने लगें, यानी पेड़ों की अंधाधुंध कटाई शुरू कर दें, तो प्रकृति अपनी रक्षा कैसे करे!

देश के जीवन के लिए वन फेफड़ों का काम करते हैं। वैज्ञानिक दृष्टि से वन कुल ज़मीन का एक तिहाई भाग होना चाहिए, किन्तु हमारे देश में वन छठा भाग भी नहीं हैं। इतने कम जंगल होने पर भी जंगलों की भीषण कटाई ही नहीं होती, बल्कि खेती और पशु-पालन के लिए जंगलों को जलाया भी जाता है।

जंगलों के भीषण विनाश की ब्राजील की घटना तो हम लोगों के लिए एक सबक़ है। वहां अमेज़न नदी के आस-पास इतने घने जंगल थे कि दिन में सूर्य की धूप धरती तक नहीं पहुंचती थी। वहां जंगलों को काटना असंभव-सा था इसलिए जो भीषण आग लगाई गई, उसके

धुएं से उठे काले बादलों के कारण रौंडोनिया की राजधानी पोर्टो वेल्हो का हवाई अड्डा कई दिनों तक बंद रखना पड़ा था। हमारे यहां भी मध्य-प्रदेश के घने जंगलों को काट-काटकर इलाके को गंजा ही कर दिया गया है।

वृक्ष और वन केवल लकड़ी ही नहीं देते, बल्कि ऐसा वातावरण बनाते हैं, जिससे बादल आकृष्ट होते हैं और वर्षा होती है। वर्षा के बिना खेती करना बहुत दुष्कर कार्य हैं, क्योंकि सिंचाई की व्यवस्था कितनी ही अच्छी क्यों न बना लें, फिर भी हमारी खेती वर्षा पर निर्भर होती है।

तमाम सिंचाई योजनाओं के लागू होने और नलकूपों के बाद, आज भी हमारी कृषि वर्षा पर निर्भर है। इन्द्रदेव जिस वर्ष दयालु न हों, उसी साल अकाल की हालत बन जाती है। सिंचाई व्यवस्था करने और पन-बिजली बनाने के लिए जो बांध पहाड़ी क्षेत्रों में बनते हैं, उनसे भी हज़ारों-लाखों एकड़ ज़मीन के पेड़ कटते हैं या वृक्ष जलाशय में डूब जाते हैं।

गढ़वाल क्षेत्र के पं. सुन्दरलाल बहुगुणा पहाड़ी क्षेत्रों में पेड़ों की कटाई से नंगे पहाड़ों को देख पेड़ों की रक्षा के लिए मैदान में उतर आए। उन्होंने 'चिपको' आंदोलन चलाकर वृक्षों को कटने से रोकने के लिए जनता में जागृति फैलाई, इसीलिए वे टिहरी बांध के निर्माण के विरुद्ध लगातार जागरूकता फैलाते रहे, जबकि सरकार उस बांध से पन-बिजली बनाने की एक विशाल योजना लेकर चल रही है। इसका परिणाम तो भविष्य में ही सामने आएगा।

दिनों-दिन बढ़ती आबादी के लिए मकान, खेती-बाड़ी और पशु पालन की आवश्यकताएं बढ़ रही हैं, जिनका दंड भोग रही है प्रकृति। इससे पर्यावरण में जो अंतर आता जा रहा है, उसे सुधारने के लिए वृक्षारोपण कार्यक्रम चलाए जा रहे हैं और अधिकतर सफ़ेदे के पेड़ खाली जगहों पर लगाए जा रहे हैं। सड़कों, रेल लाइनों के आस-पास तथा नहरों के किनारे भी सफ़ेदे के पेड़ लगाए जा रहे हैं। यह सच है कि ये पेड़ जलावन की लकड़ी और कुछ सीमा तक क़ाग़ज उद्योग के लिए कच्चा माल प्रदान करते हैं, किन्तु सफ़ेदे के वृक्ष धरती के नीचे के पानी को खींचकर अपना पालन करते हैं। इससे धरती के नीचे के जल का स्तर नीचा होकर पीने के पानी की समस्या भी उत्पन्न कर रहा है। इसलिए यह आवश्यक है कि ख़ाली ज़मीन में ऐसे पेड़ लगाए जाएं जिनसे जलावन की लकड़ी और इमारती लकड़ी तो मिले ही, धरती के जल का संतुलन भी गड़बड़ न होने पाए।

नदियों का प्रदूषण

हमारे जीवन में नदियों का इतना महत्व इसीलिए रहा कि उनसे पीने का पानी, नदी स्नान के समय पानी के बहाव के कोमल आघात से शरीर को ऊर्जा और खेती के लिए पानी मिलता है।

पुरातत्वविदों के अनुसार पश्चिम में भी प्रथम आबादी झीलों के किनारे बसी थी और हमारे प्राचीन तीर्थ मथुरा, हरिद्वार, प्रयाग, वाराणसी और नासिक तथा उज्जैन आदि नदियों के किनारे ही स्थित हैं।

नदियों के महत्व से हमारे पूर्वज भली-भांति परिचित थे। आज भी नदियों के जल शोधन के लिए तीर्थ-स्थानों में नदियों में दूध चढ़ाकर उनके जल को पवित्र करने का पूजा-विधान है। मथुरा में जमुना मैया को एक मन दूध चढ़ाने का दृश्य आज भी नदियों के जल को प्रदूषण

से बचाने के धार्मिक कृत्य के रूप में आंखों के सामने तैर-तैर जाता है।

साथ ही, नदियां आज नगर के गंदे जल-मल को गिराने, गंदे नालों को अपने में समाने का साधन बन गई हैं। जिन नदियों से नगरों को पीने का पानी मिलता है, उन्हीं नदियों को इतना ही प्रदूषण नहीं झेलना पड़ता, बल्कि उद्योगों के अवशेष भी नदियों में डाले जाते हैं।

उत्तर काशी में नगर की गंदगी, कानपुर, दिल्ली, आगरा आदि औद्योगिक नगरों में उद्योगों के अवशेषों खासकर चमड़े के कारखानों की गंदगी गंगा-जमुना दोनों नदियों को भंयकर रूप से प्रदूषित कर रही हैं। इसीलिए गंगा जल के शुद्धिकरण के लिए तथा गंगा को गहरा बनाने के लिए गैर-सरकारी तथा सरकारी स्तर पर प्रयास किए जा रहे हैं।

हमने नदियों को दुग्ध-धवल जल को सभ्यता के आधार उद्योगों की कालिमा में विसर्जित करके और बिना किसी संस्कार के लाशों को ही नदियों की धारा में डालकर उनके जल को इतना अपवित्र कर दिया है कि वहां स्नान तो दूर, आचमन करना तक रोगों का कारण बन गया है।

नदियों के इस प्रदूषण से भी अधिक भंयकर है बकुली नामक एक बेल जो नदियों में ही नहीं, झीलों, नहरों तथा तालाबों तक में जल की ऊपरी सतह पर तैरती रहती है। यह इतनी सघन होती है कि यदि पशु इसमें फंस जाए तो निकल नहीं पाता और उसी में फंसकर मर तक जाता है। यह बेल जल से ही अपना भोजन ग्रहण करती है,

इसलिए नदियों का जो जल मानव के लिए सुलभ होना चाहिए, उसे यह सोख लेती है और इस प्रकार अन्य प्राणि-जगत के लिए पानी की समस्या खड़ी करती है। इस बेल को निकाल भी दिया जाए, तो सूखने पर इसकी जो गांठें रह जाती हैं, वे तनिक भी पानी मिलते ही फिर हरी हो जाती हैं। इसलिए इसे जलाकर समूल नष्ट करना आवश्यक है। इस बेल का देश-भर में इतना प्रसार हो चुका है कि इससे सरकारी स्तर पर निबटने के लिए बहुत व्यापक प्रबन्ध करने होंगे, जो आज की स्थितियों में संभव नहीं। इसलिए इस दिशा में हर देशवासी प्रयत्नशील हो, तभी अपने जल की रक्षा की जा सकती है।

पहाड़ों पर वृक्षों की भीषण कटाई से पहाड़ों की मिट्टी वर्षा में खिसक-खिसककर गिरती है। यह भू-स्खलन पहाड़ी सड़कों पर आवागमन को ही नहीं रोकता, बल्कि इसका जो भाग नदियों में बहकर जाता है, वह जल को तो प्रदूषित करता ही है, नदी को उथला भी बनाता है, जिससे जब बाढ़ आती है, तो पहले से अधिक विनाशक होती है।

देश में वर्षा ऋतु में हर साल आने वाली बाढ़ों में अधिक बड़ा इलाका पानी में डूबता है, घर एवं झोंपड़ियां नष्ट होती हैं और बाढ़ उतर जाने पर अपने सिर छिपाने की जगह को फिर से बनाने के लिए पेड़ों की और अधिक कटाई होती है। इसी प्रकार शिक्षा-प्रसार के कारण काग़ज़ की आवश्यकता बढ़ी है। आज हम कभी यह सोचते भी नहीं कि काग़ज़ बनाने के लिए जो लुगदी तैयार होती है, उसके लिए कितने पेड़ कटते हैं।

पेड़ों की सुरक्षा के कारण शिक्षा प्रसार को तो नहीं रोका जा सकता, लेकिन शिक्षा प्रसार को ऐसा ज़रूर बनाया जा सकता है, जिसमें कागज का उपयोग तभी आरम्भ किया जाए, जब आवश्यक हो। पहले दिन से ही, बच्चे को बिन्दी लगाना सिखाने के लिए काग़ज़ की आवश्यकता नहीं होनी चाहिए। इस प्रकार काग़ज़ बनाने के लिए पुराने रद्दी काग़ज़, पुराने कपड़ों या अन्य प्रकार की वस्तुओं का प्रयोग भी आरंभ किया जाना चाहिए। इससे शिक्षा-प्रसार और वृक्षों की रक्षा दोनों में संतुलन बनाए रखा जा सकता है।

वातावरण की गर्मी

पेड़ों की कटाई का एक और प्रभाव यह पड़ता है कि हमारा वातावरण (जलवायु) गर्म हो जाता है। उद्योगों से तरह-तरह की गैसें निकलती रहती हैं। सड़कों पर जितने वाहन चलते हैं, उनके धुएं से वातावरण में जो कार्बन डाईऑक्साइड निकलती है, वह भी वातावरण को गर्म करती है।

पिछले दिनों इराक़ तथा मित्र सेनाओं में हुए युद्ध में हारने के बाद कुवैत के तेल-कुओं में इराक की सेनाओं ने आग लगा दी। छः सौ से ऊपर इन तेल-कूओं से निकलते धुएं के बादल और उसकी गर्मी से भारत के पश्चिमी भागों तक वातावरण गर्म हो चला है।

संसार के वैज्ञानिकों का अनुमान है कि आज के प्रदूषण यूंही चलते रहें तो अगले साठ सालों में वातावरण की गर्मी आठ डिग्री

फारेनहाइट बढ़ जाएगी। वातावरण में गर्मी बढ़ने से अनेक प्रकार की हानियां होने की आशंका है।

सूर्य के आस-पास ओज़ोन की जो छतरी सूर्य की भीषण गर्मी से पृथ्वी की रक्षा करती है, उसमें एक छेद हो गया है। वैज्ञानिकों का कहना है कि एन्टार्कटिका पर हुआ यह छेद बड़ा होता जा रहा है। दक्षिणी ध्रुव पर स्थित इस एन्टार्कटिका महाद्वीप में ओजोन छतरी में दूसरा छेद भी हो रहा है। चंद प्राणियों तथा मामूली वनस्पतियों वाला एन्टार्कटिका का धरती की जलवायु प्रणाली में अत्यंत महत्वपूर्ण स्थान है। यहां संसार की प्राकृतिक बर्फ़ का 90 प्रतिशत भाग एकत्रित है और इस तरह यह पृथ्वी ग्रह का शुद्ध जल का सबसे बड़ा भंडार है। बर्फ की यह तह कहीं-कहीं तो क़रीब पौने पांच किलोमीटर तक मोटी है।

एन्टार्कटिका के सागरों में पानी की सतह पर बड़े-बड़े हिम पर्वत तैरते हैं। बर्फ़ की ये तहें एक लाख वर्ष से भी अधिक पुरानी हैं। बर्फ़ से जमी घाटी के पास जब समुद्र की लहरें टकराती हैं, तो तेज़ आंधियां चलती हैं, जो 200 कि. मी. प्रति घंटा की रफ़्तार से धरती की ओर दौड़ती रहती हैं। ये आंधियां आज भी शुद्ध हवा को लाकर हमारे आस-पास के वातावरण को शुद्ध करती हैं। इससे प्रकृति धरती की गर्मी को शान्त करने का काम अपने-आप करती है।

लेकिन अगर हम धरती वासी प्रदूषण रोकने की दिशा में सावधान नहीं हुए, तो प्रकृति का यह संतुलन बिगड़ जाएगा।

प्रकृति तो फिर भी अपना संतुलन स्थापित कर लेगी, लेकिन तब

धरती के लोगों और आज की सभ्यता का नामो-निशान मिट सकता है और उसकी प्रदूषण करने की क्षमता समाप्त हो जाने पर प्रकृति का संतुलन फिर अपने-आप ज्यों-का-त्यों हो जाएगा।

एन्टार्कटिका में कोयले के अकूत भंडार हैं। अगर आज के स्वार्थी मानव समाज ने इस कोयले की खुदाई की तो भारी मात्रा में काली धूल पैदा होगी, जो तेज़ हवाओं से उड़कर बर्फ़ की चट्टानों पर जमेगी। बर्फ की ये काली चट्टानें सूर्य की अधिक गर्मी सोखेंगी और बर्फ़ पिघलेगी। ओज़ोन छतरी में हुआ छेद सूर्य के ताप को कम न कर पाएगा। यह बर्फ़ पिघलकर पानी के रूप में धरती के किनारों को डुबो देगी। सागर में पानी की सतह ऊंची होगी और इससे समुद्र के किनारे बसे बड़े-बड़े मगरों, बंदरगाहों और नदी-घाटियों के लिए ख़तरा पैदा हो जाएगा।

यदि एन्टार्कटिका में जमी सारी बर्फ पिघल जाए, तो समुद्र के जल की सतह 200 फीट तक ऊंची हो जाएगी और तब दुनिया की हरी-भरी घाटियां सागर की गर्जन से गूंज उठेंगा और कलकत्ता जैसे जगमगाते नगर समुद्र के गर्भ में सदा के लिए विलीन हो जाएंगे। एन्टार्कटिका में यदि पेट्रोल की खुदाई की गई, तो उसके नतीजे और भी विनाशकारी हो सकते हैं।

इन सब संभावनाओं को भले ही हम यह कहकर टाल दें कि यह सब तो हमसे बहुत दूर की बात है, लेकिन यदि इसे हम अपने देश में ही देखें, तो चिन्तापूर्ण तस्वीर उभरती है। गंगोत्री से गोमुख आज 18 किलोमीटर दूर हो गया है, जबकि आज से 25-30 बरस पहले यह

12.13 कि. मी. ही दूर था। इसका सीधा-सादा अर्थ यही है कि गोमुख का ग्लेशियर (हिमनद) धीरे-धीरे पिघलता जा रहा है। अगर यही रफ़्तार रही, तो क़रीब 15 कि. मी. लम्बा और दो से चार कि. मी. तक चौड़ा गोमुख ग्लेशियर, जहां गंगा के सर्वप्रथम दर्शन भगीरथी के रूप में होते हैं, कितने वर्षों तक चलेगा और यदि वह नहीं रहा तो गंगा कहां से आएगी और देश का क्या होगा?

इसी प्रकार एक और उदाहरण विचारणीय है। गंगोत्री से गोमुख जाते समय एक वन पड़ता है, 'भोजवासा' जहां भोज वृक्ष हैं। इन्हीं वृक्षों के तनों की छाल से भोजपत्र प्राप्त होता है। इन भोज वृक्षों की कटाई का हाल यह है कि गंगोत्री में यदि आज पूरी, हलवा या जलेबी लेते हैं, तो भोजपत्रों पर उसी प्रकार ये चीजें दी जाती हैं, जिस प्रकार मैदानी इलाकों में दुकानदार पुराने अख़बारी काग़ज़ पर या उसके बने लिफ़ाफ़ों में दे देता है। प्रकृति की इस दुर्लभ संपदा का हम कितनी क्रूरता से विनाश कर रहे हैं!

पर्यटकों का प्रदूषण

पहले हमारे देश में तीर्थाटन धार्मिक भावना से जुड़ा हुआ था। हर धर्म के व्यक्ति तीर्थ-यात्रा करने और चारों धाम के देव-दर्शनों की इच्छा मन में पाले वहां जाया करता था और जो समर्थ होते थे, वे यह सब जितना संभव हो पाता था, ऐसा भ्रमण करते थे। यह देव-दर्शन के साथ-साथ देश-दर्शन ही था, एक प्रकार का पर्यटन। कुछ परिवार तो सदैव भ्रमण करते रहते थे, लेकिन आज पर्यटन का जो रूप है, वह पश्चिम की देन है।

अब सैलानी लोग पर्यटन-स्थल देखने नहीं जाते, बल्कि अवकाश के समय में मौज-मस्ती करने जाते हैं। इसीलिए पर्यटक पर्यटन स्थल पर सभी सुविधाएं हासिल करना चाहता है। ठहरने को सुविधाजनक स्थान, खाने के लिए सुस्वादु भोजन और भ्रमण के लिए आवागमन के साधन।

तीर्थाटन करने वालों की यात्रा तपस्यापूर्ण होती थी। उसके स्थान पर आज पर्यटक जो विलासिता की सभी सुविधाएं चाहता है, इसका एक निश्चित प्रभाव यह पड़ा है कि पर्यटन-स्थलों खासकर पहाड़ी क्षेत्रों में पर्यटक डिब्बाबंद खाना खाकर डिब्बे, गत्ते और प्लास्टिक की पैकिंग फेंक देते हैं। इनमें से गत्ता तो जल्दी गल जाता है, किन्तु लोहे और प्लास्टिक के डिब्बे आदि सैकड़ों वर्षों तक गलते नहीं। यह कूड़ा पर्वतों की वर्षा के पानी को रोकने का काम करता है। इन्हें अगर जलाया भी जाए, तो ये निरंतर वायु-प्रदूषण को बढ़ाते हैं। यह पर्यटक वर्ग क्षेत्र के आर्थिक असंतुलन को ही बढ़ावा नहीं देता, बल्कि सामाजिक प्रदूषण का भी कारण बनता है।

गांवों का बिगड़ता पर्यावरण

बढ़ती आबादी और शहरों के जीवन की नकल करने की प्रवृत्ति के कारण गांवों का पर्यावरण भी बिगड़ रहा है। गांवों में भोजन पकाने का साधन या तो लकड़ी या गोबर से बने उपले होते हैं। इनसे निकलने वाला धुआं और सर्दियों में चौपालों के आगे लगे अलावों का धुआं गांवों के वायुमंडल को दूषित करता है। शौच के लिए खुले में बैठना प्रदूषण का एक और कारण है।

गांवों के ताल तथा पोखरों में पशुओं के नहाने तथा उसी में मूत्र तथा गोबर तक कर देने से, उनका पानी गंदा होता है, जो अनेक प्रकार के रोगों का कारण बनता है।

पहले गांवों के मकान कच्चे होते थे, इसलिए वर्षा आने से पूर्व सूखे तालाबों की चिकनी मिट्टी निकालकर उनकी मरम्मत करने से

तालाब अपने-आप गहरे होते रहते थे और कम-से-कम उथले नहीं होने पाते थे। अब गांवों में भी पक्के मकान बन रहे हैं और ज़रा भी खाता-पीता हुआ, वह पहले घर को पक्का बनवाता है। नतीजतन अब तालाबों से चिकनी मिट्टी निकालने का काम कम होते-होते ख़त्म ही होता जा रहा है, जिससे तालाब उथले हो रहे हैं और वर्षा में उनका पानी ज़्यादा इलाके में फैलता है।

सरकारी प्रयासों से अब गांवों में गोबर गैस प्लांट लगने लगे हैं। इनसे कई प्रकार की सुविधाएं जहां हो रही हैं, वहां जलावन के लिए गोबर के कंडों की जगह लकड़ी का प्रयोग आमतौर पर बढ़ रहा है, जिसके लिए पेड़ कट रहे हैं। शिक्षा-प्रसार के कारण गांव के बच्चों में श्रम करने की प्रवृत्ति घट रही है, इसलिए वे अधिक-से-अधिक उपभोग तो करना चाहते हैं, उसके लिए आवश्यक श्रम नहीं करते।

गांवों में आम कहावत है 'थोड़े पढ़े, तो हर से गए। ज़्यादा पढ़े, तो घर से गए।' अर्थात् कम पढ़ा बालक हल जोतने या अन्य कृषि कार्यों से जी चुराता है और अधिक पढ़ लेने पर वह नौकरी की तलाश में शहर की ओर भागता है। इससे गांवों पर आबादी के दबाव में भले ही मामूली-सी कमी आए, किन्तु गांव समझदार बच्चों की सेवाओं से तो वंचित हो ही जाता है। दूसरे शब्दों में कहें, तो गांवों में कुछ कर दिखाने की समझ वाले लोग निकल जाते हैं और जो रह जाते हैं, वे कम-से-कम परिश्रम करके अधिक-से-अधिक सुख-सुविधाएं भोगना चाहते हैं। इससे गांव के सामाजिक पर्यावरण में असंतुलन आता है।

पशु–पक्षियों का विनाश

जंगलों में पेड़ों की ही कटाई नहीं होती, बल्कि आर्थिक लाभ के लिए पशुओं तथा जानवरों को भी मारा जाता है। शेरों की प्रजाति को नष्ट न होने देने के लिए सरकार को विशेष उपाय करने पड़े हैं। चमड़े के कपड़ों का निर्यात होने के कारण बहुत-से जंगली जानवर खासकर लोमड़ी और सांभर, हिरन को बड़ी संख्या में मारा जाता है।

कपड़े बनाने के लिए चमड़े को विशेष रूप से प्रयोग में लाया जाता है, जिससे निकले उच्छिष्ट पदार्थ वातावरण को दूषित करते हैं। इसी प्रकार महिलाओं के पर्स बनाने की ख़ातिर काले नागों को मारा जाता है। गैंडा और मगरमच्छों की रक्षा के लिए, तो सरकार को कई जगह अभयारण्य बनाने पड़े हैं।

पशुओं को व्यापारिक उपयोग से मारने की दुःखद चोट हाथियों पर पड़ी है। हाथीदांत की सुन्दर कलात्मक वस्तुओं की मांग आजकल

धनिक वर्ग में तेजी से बढ़ रही हैं। इसलिए अफ्रीका के जंगलों के 13 लाख हाथियों में से केवल छः लाख रह गये हैं। शेष सात लाख हाथियों को गोली से मारकर उनके दांत जड़ से उखाड़ लिए गए हैं। यह हाथी-दांत पहले हांगकांग भेजा जाता है और वहां से जापान, जहां के कुशल कारीगर उसकी सुन्दर-कलात्मक वस्तुएं बनाकर दुनिया-भर में बेचते हैं। इस व्यापार में न केवल पशुधन की हानि हो रही है, बल्कि इस कार्य को चोरी-छुपे करने के कारण सामाजिक वातावरण प्रदूषित हो रहा है।

अफ्रीका और जापान में जब इस सम्बन्ध में बहुत हाय-तौबा मचाई गई, तो जापान ने हाथीदांत की चीज़ों के निर्यात पर रोक लगा दी और अफ्रीकी जंगलों में हाथी के मारने पर रोक लगायी गई। शाकाहारी इस विशाल पशु की हत्या का सबसे घिनौना पहलू तो यह है कि हाथी को गोली मारकर उसके दांत उखाड़ लेने के बाद वहीं सिसक-सिसककर अपनी मौत आप मरने के लिए छोड़ दिया जाता था, जिससे समूचे जंगल का वातावरण खराब होता था।

अफ्रीका के बाद हाथियों की खासी बड़ी संख्या भारत में है। आजकल हाथीदांत के लालची लोगों की आंखें भारत की ओर बढ़ रही हैं। भारत को इस दिशा में विशेष रूप से सजग और प्रयत्नशील होना पड़ेगा।

हम क्या कर सकते हैं?

पर्यावरण के बिगड़ते संतुलन को रोकने और उसे ठीक करने के लिए आखिर किया क्या जाए? इसका सबसे पहला उत्तर तो यही है कि व्यक्ति प्रकृति को अपना शत्रु समझकर उस पर विजय प्राप्त करने के प्रयास को त्याग कर फिर से प्रकृति प्रेमी बनें और प्रकृति के साथ वैसे ही पूज्य भाव से जुड़ें, जिस प्रकार हमारे ऋषि-मुनि जुड़े थे। कहते हैं कि कुत्ता भी जहां बैठता है, उस स्थान को अपनी पूंछ से साफ कर लेता है। इसी प्रकार हर व्यक्ति को अपने आसपास सफ़ाई रखनी चाहिए और गंदगी फैलाकर वातावरण को दूषित नहीं करना चाहिए।

गांव के लोग परस्पर मिलकर पशुओं का गोबर, कूड़ा गड्ढे बनाकर उसी में डालें। खुले में घूरा बनाकर कूड़े का ढेर करते जाने

से सिर्फ गंदगी बढ़ती है, बल्कि गोबर-कूड़े की खाद भी अच्छी नहीं बनती। गड्ढों में गोबर-कूड़ा डालने से वातावरण में गंदगी नहीं बढ़ेगी, बल्कि खाद भी अच्छी तैयार होगी जिससे फसल को अधिक लाभ होगा।

गांवों में ट्रैक्टर और पंप सेटों से डीजल का जो धुआं निकलता है, उसके लिए भी आवश्यक है कि ट्रैक्टरों और पंपों की मशीनों का रख-रखाव इस प्रकार से करें कि उनसे कार्बन डाईआक्साइड गैस कम-से-कम निकले।

शहरों में भी मोटर कारों, बसों, टैम्पुओं, स्कूटरों आदि के इंजनों की देख-भाल ऐसी रखनी चाहिए, जिससे धुआं कम-से-कम निकले। यही सावधानी वायुयानों के बारे में बरतने की आवश्यकता है। इस सिलसिले में साइकिलों का उपयोग सर्वथा प्रदूषणरहित है और जहां संभव हो, वहां साइकिल का उपयोग हर दृष्टि से अच्छा है।

शहरों में लगे कल-कारखानों के उच्छिष्ट पदार्थों, बची हुई गंदगी या पानी को नदियों में डालने से पहले साफ करना जरूरी है, जिससे नदियों का जल दूषित न हो। नये कल-कारखाने लगाते समय इस बात का ध्यान रखा जाए कि उनसे पर्यावरण पर विपरीत प्रभाव न पड़े। सरकार चाहे जितने कानून बना ले, लेकिन जब तक लोगों के मन में इस दिशा में चेतना नहीं होगी, कानून की मूल भावना की रक्षा नहीं हो पाएगी।

सरकार या कल-क़ारखाने के मालिकों या कर्मचारियों पर ही जिम्मेदारी डालकर आम आदमी को हाथ पर हाथ धरे नहीं बैठना

चाहिए। उसे भी इस बारे में सतर्क रहने की ज़रूरत है क्योंकि आखिरकार पर्यावरण खराब होने का सीधा असर उस पर ही पड़ने वाला है। इस सबके साथ यह भी ज़रूरी है कि पेड़-पौधों की अनाप-शनाप कटाई न हो। इसके लिए शहरों में गृह-सज्जा के लिए लकड़ी की सबसे आवश्यकता होती है। सिर्फ़ सजावट के लिए पेड़ों को काटकर समूचे पर्यावरण में गड़बड़ी पैदा करना किसी भी व्यक्ति के भले की बात नहीं है। इसलिए शहरी लोगों की रहन-सहन की पद्धति में सुधार लाने की ज़रूरत है।

घरों की सजावट के लिए ऐसे तरीक़े अपनाए जाएं जिसमें सादगी और सुरुचिता हो, लेकिन लकड़ी का प्रयोग, जहां तक संभव हो, कम-से-कम हो। जैसे रेलवे ने लकड़ी के स्लीपरों की जगह कंकरीट के स्लीपरों का प्रयोग शुरू किया है, उसी तरह घरों में लकड़ी की चौखटों या खिड़कियों के लिए लकड़ी की जगह लोहे का प्रयोग किया जा सकता है। पेड़ों की रक्षा होगी, तो खेती के लिए उपजाऊ ज़मीन का क्षरण रुकेगा, नदियां भी साफ़ रहेंगी।

प्रकृति स्वयं ही पुराने को छीजने देती है और नये को जन्म देती है, इसलिए सूखे पेड़ों को काटकर लकड़ी की जरूरतें पूरी करें। लोगों को प्रकृति पर ही निर्भर न रहकर स्वयं वृक्षारोपण करना चाहिए।

कुछ पेड़ों को तो जलावन की लकड़ी के तौर पर लगाएं, कुछ को इमारती लकड़ी प्राप्त करने के उद्देश्य से और अधिकांश पौधों को हरियाली तथा वातावरण को शुद्ध हवा-पानी के लिए लगाएं, जिनमें फल देने वाले पौधे भी हों। इन सबके लिए सरकार के कृषि विभागों,

कृषि अनुसंधान केन्द्रों से आवश्यक जानकारी प्राप्त की जा सकती है। सरकार सस्तें दामों पर पेड़ों की पौध भी देती है।

वर्षा प्रकृति की अनुपम देन है। प्रकृति संसार के खारे जल और हर प्रकार के जल को भाप के रूप में शुद्ध जल बनाकर ऊपर से बरसाती है। यदि वातावरण में गैसों का प्रदूषण न हो, तो वर्षा के जल से अधिक शुद्ध जल मिलना संभव नहीं। हम प्रकृति के उस शुद्ध जल को बेरहमी से अशुद्ध करके नालियों-नालों के द्वारा नदियों में डालते हैं और बाहर कहीं से शुद्ध पानी की तलाश में भटकते हैं।

वर्षा ऋतु में जल सर्वथा बेकार होकर नदियों में बाढ़ लाता है। यदि झमझमाती बूंदों से धिर-धिरकर बरसे जल को गांवों में बने बड़े-बड़े तलाबों में जमा कर लिया जाए तो वह पानी बाद में सिंचाई के काम आ सकता है और बाढ़ का प्रकोप भी घटेगा। जहां लोग मछली खाते हैं, वहां इन तालाबों में मछलियां पाली जा सकती हैं जो लोगों को भोजन तो प्रदान करती ही हैं, तालाब के जल को भी साफ़ रखती हैं।

पर्यावरण को बिगाड़ने वाली सबसे बड़ी बात है, आबादी में तेजी से वृद्धि होना। बढ़ती आबादी के लिए भोजन, मकान, वस्त्र और आवश्यकता की दूसरी सभी चीज़ें चाहिए। इसीलिए कृषि कार्यों के लिए जंगल साफ़ करने पड़ते हैं, परती ज़मीन तोड़नी पड़ती है, पहाड़ों पर सीढ़ीदार खेत बनाकर खेती करनी पड़ती है और शहरों में तो गमलों तथा घर के आसपास की ज़मीन में साग-भाजी उगाने के प्रयास किए जाते हैं।

संसार- भर में कृषि वैज्ञानिक लगातार जुटे हुए हैं, ताकि अन्न की पैदावार बढ़े, किन्तु उनके तमाम प्रयासों के बाद भी संसार में बढ़ती आबादी की ज़रूरत पूरी करने के लिए पर्याप्त अन्न पैदा नहीं होता। जंगलों के कटने, नदियों की बाढ़ और उपजाऊ ज़मीन की ऊपरी सतह पानी में बह जाने, अर्थात पर्यावरण प्रदूषण के कारण कृषि उपज में संसार-भर में एक फ़ीसदी की हर साल कमी हो रही है, जबकि दुनिया की आबादी दो प्रतिशत प्रतिवर्ष बढ़ रही है। ऐसी हालत न आने पाए, इसके लिए ज़रूरी है कि आबादी की बढ़ोतरी रोकने के लिए अभी ही सजग होकर प्रयास किये जाएं।

अतः यह सर्वथा आवश्यक हो गया है कि हम भारत की प्राचीन सांस्कृतिक विचारधारा के अनुसार जीवन में सादगी लाएं, परिश्रम करें और प्रकृति के साथ अधिक-से-अधिक सहयोग करें।

ब्रिटेन के राजकुमार प्रिंस चार्ल्स के गुरु और दक्षिण अफ्रीका में जन्मे सर लौरेंस वान डरपोस्ट की भी मान्यता है कि यदि मानव ने प्रकृति के साथ अपना सौहार्दपूर्ण सम्बन्ध स्थापित नहीं किया, तो मानव जाति का भविष्य खतरे में है। उनके विचार से मानव की 'प्रगति' नामक सुखद बीमारी और नए-नए वैज्ञानिक आविष्कारों से जुड़े निहित स्वार्थ ही दुनिया को पर्यावरण-प्रदूषण की बीमारी की भट्टी में झोंक रहें हैं, लेकिन संसार-भर में 'धर्म की अनकही भूख भी तेज़ी से उभर रही है। इस धर्म भावना के पुनर्जागरण से लोगों में प्रकृति के पास जाने की लालसा बढ़ रही है।

भारत तो विश्व-भर में धर्म-परायण देश माना जाता है। यहां

अभी भोगवादी संस्कृति छायी हुई है, किन्तु न कहीं धर्मों में बताए हुए सात्त्विक जीवन के प्रति भी आकर्षण मन में बसा है। आज उसे जगाकर राष्ट्र की शक्ति को प्रकृति से जुड़ने और पर्यावरण में सुधार करने की ओर मोड़ने की आवश्यकता है।

प्राचीन काल में भारत चार्वाक की 'कर्ज़ लो, घी पियो' वाली मान्यताओं का दौर देख चुका है, इसलिए यह देश भोगवादी संस्कृति को अधिक दिनों तक झेल नहीं पाएगा। इस संस्कृति से उत्पन्न पर्यावरण-प्रदूषण के खतरों से अपने को बचाने के लिए हमें अभी से सावधान होना होगा और प्रकृति से मिलकर चलने वाली जीवन-पद्धति अपनानी निहायत ज़रूरी होगी। दिनों-दिन बिगड़ता पर्यावरण हमारे लिए एक चेतावनी है, जिसकी ओर से हमें आंखें बन्द करके नहीं चलना है, बल्कि औद्योगिक देशों की समस्याओं से सबक़ सीखकर समय रहते सचेत होने की ज़रूरत है।

प्रश्नोत्तरी

1. पेड़ कौन सी गैस छोड़ते हैं?

   (अ) कार्बन डाईऑक्साइड (ब) ऑक्सीजन

   (स) मिथैन (द) हाईड्रोजन

2. मिट्टी को बहने (भूमि कटाव) से कौन रोकता है?

   (अ) चट्टान (ब) वायु

   (स) जंगल (द) पानी

3. चिपको आंदोलन किसने चलाया?

   (अ) सुन्दरलाल बहुगुणा (ब) विनाबा भावे

   (स) हेमवंतीनंदन बहुगुणा (द) स्वामी विवेकानंद

4. वन हमारे लिए किस प्रकार सहायक हैं?

(अ) वर्षा करने में (ब) बाढ़ रोकने में

(स) प्रदूषण रोकने में (द) उपरोक्त सभी

5. धरती को सूर्य की भीषण गर्मी से कौन रोकता है?

(अ) बादलों की परत (ब) वर्षा

(स) बर्फ़ की परत (द) ओज़ोन की परत

6. ओज़ोन परत क्या है?

(अ) आग का गोला (ब) गैस की परत

(स) लावा (द) नीला आकाश

7. पृथ्वी के कौन से क्षेत्र में सबसे ज़्यादा बर्फ़ पायी जाती है?

(अ) साईबेरिया में (ब) एन्टार्कटिका में

(स) आर्कटिक में (द) ग्रीनलैंड में

8. नदियों को प्रदूषित करने में कौन-कौन से मुख्य कारक हैं?

(अ) नदी किनारे पूजा-पाठ (ब) फैक्ट्रियों का कचरा

(स) भूमि कटाव (द) उपरोक्त सभी

9. पर्यटक किस प्रकार से पर्यावरण को प्रभावित करते हैं?

(अ) अपनी मौज-मस्ती से (ब) कचरा फेंकने से

(स) सुस्वादु भोजन करने से (द) देव-दर्शन करने से

10. एन्टार्कटिका में धरती का कितना प्रतिशत बर्फ़ है?

(अ) 10 प्रतिशत (ब) 30 प्रतिशत

(स) 50 प्रतिशत (द) 90 प्रतिशत

उत्तर

1. (ब) 2. (स) 3. (अ) 4. (द) 5. (द) 6. (ब) 7. (ब) 8. (द) 9. (ब) 10. (द)

क्या आप जानते हैं?

1. पेड़-पौधे रात के समय कार्बन डाईऑक्साइड तथा दिन में ऑक्सिज़न गैस छोड़ते हैं।

2. ओज़ोन की परत सूर्य से निकलने वाली घातक अल्ट्राबाइट किरणों को रोकती है। यदि पृथ्वी के चारों ओर ओज़ोन परत न हो तो सूर्य की अल्ट्राबाइट किरणें पृथ्वी के प्राणियों को कुछ ही क्षणों में भस्म कर सकती हैं।

3. पृथ्वी के उत्तरी एवं दक्षिणी ध्रुवों पर सबसे ज़्यादा बर्फ़ है, जिसके कारण यहां दुनिया के सबसे ज़्यादा ठंडे प्रदेश हैं।

4. पृथ्वी हर साल भारी होती जा रही है, क्योंकि यह अंतरिक्ष में बिखरी धूल को अपनी ओर खींच रही है।

5. पृथ्वी का अंदरूनी भाग (कोर) में खनिज-पदार्थ तरल अवस्था में हैं।

6. पेड़-पौधे सूर्य के प्रकाश में अपना भोजन बनाते हैं।

7. गंगा जब हिमालय से निकलती है तो अपने साथ अनेक प्रकार के खनिज लवण एवं जड़ी-बूटीयां बहा कर लाती है जिसके कारण गंगा के पानी में कीड़े नहीं पड़ते। इस लिए भारत में गंगा नदी को सबसे पवित्र एवं 'गंगा मैया' के नाम से भी पुकारते हैं।

8. विभिन्न प्रकार के प्रदूषणों से धरती का वातावरण अत्यधिक गर्म होता जा राहा है।

9. पृथ्वी पर जीवन की शुरुआत पानी में ही हुई थी।

10. जीवित रहने के लिए सबसे आवश्यक तत्व हैं - हवा, पानी, मिट्टी, प्रकाश एवं अग्नि।

विचित्र लेकिन सत्य!

1. दुनिया की सबसे छोटी नदी 'रो' अमेरिका में है, जिसकी लंबाई मात्र 61 मीटर है।

2. पृथ्वी के महासागरों का हर साल 1cm से 10cm तक विस्तार हो रहा है।

3. हीरा अन्य सभी प्राकृतिक धातूओं से सबसे कठोर धातू है।

4. लगभग 20 से 30 ज्वालामुखी हर साल समुद्र के तल में फटते हैं।

5. एनडीज़ एवं हिमालय पर्वत अभी भी धीरे-धीरे ऊपर की ओर बढ़ रहे हैं।

6. मलेशिया के कुआलालंपुर शहर में बनी 'पैट्रोनास ट्विन' नामक इमारत से माउंट एवरेस्ट केवल 20 गुना ऊंचा है।

7. एन्टार्कटिका में सबसे बड़ा प्राणी घरेलू मक्खी के बराबर पाया जाता है।

8. बांस का पौधा एक दिन में लगभग 91cm तक बढ़ता है।

●●●